ENTRE LINHAS
COTIDIANO

Tadeu Pereira

Uma certa primavera

Ilustrações: Newton Foot

Conforme a nova ortografia

Atual Editora

Série Entre Linhas

Editor • Henrique Félix
Assistente editorial • Jacqueline F. de Barros
Revisão • Pedro Cunha Jr. e Lilian Semenichin (coords.) / Elza Gasparotto / Renato Colombo Jr. / Érica Lamas

Gerente de arte • Nair de Medeiros Barbosa
Supervisão de arte • Marco Aurélio Sismotto
Diagramação • Edsel Moreira Guimarães
Projeto gráfico de capa e miolo • Homem de Melo & Troia Design
Coordenação eletrônica • Silvia Regina E. Almeida

Suplemento de leitura e projeto de trabalho interdisciplinar • Maria Sylvia Corrêa

Dados Internacionais de Catalogação na Publicação (CIP)
(Câmara Brasileira do Livro, SP, Brasil)

Pereira, Tadeu
Uma certa primavera / Tadeu Pereira ; ilustrações Newton Foot. – São Paulo : Atual, 2006. – (Entre Linhas : Cotidiano)

ISBN 978-85-357-0666-6
ISBN 978-85-357-0667-3 (professor)

1. Literatura infantojuvenil I. Foot, Newton. II. Título. III. Série.

06-4605 CDD-028.5

Índices para catálogo sistemático:
1. Literatura infantojuvenil 028.5
2. Literatura juvenil 028.5

SARAIVA S.A. Livreiros Editores
R. Henrique Schaumann, 270 – Pinheiros
05413-010 – São Paulo – SP
Fone: (0xx11) 3613-3000
Fax: (0xx11) 3611-3308 – Fax vendas: (0xx11) 3611-3268
www.editorasaraiva.com.br

1ª edição / 4ª tiragem
2013

Visite nosso site: www.editorasaraiva.com.br
Central de atendimento ao professor:
SAC: saceditorasaraiva@editorasaraiva.com.br 0800-0117875

Impressão e Acabamento: Gráfica Paym

Sumário

Jegues

Beto tentou encarar o sol das onze sem franzir a testa, não conseguiu. Bufou antes de anunciar ao amigo Edu:

– Prepare-se. Domingo eu vou caminhar sobre as águas.

– *Ihhh...*

– Que é, tá duvidando dos meus poderes?

– Claro que não, o problema é que o rio tá seco. Não sei se você reparou que faz dois meses que do céu não cai nem saliva de pombo.

– Bom, então tá resolvido: vou fazer chover no domingo.

– Antes ou depois da missa?

– Que diferença faz?

– Se cair água antes da missa, o padre Teodoro não vai gostar porque a igreja ficará vazia. Se cair depois da missa, os vendedores de pipoca e algodão-doce vão esbravejar porque perderão a freguesia.

– Você é perito em achar problemas, não?! Quer é me fazer desistir de ficar famoso!

– Estou apenas querendo ajudar.

– Ah, vá amolar o bispo!

– Antes ou depois da missa?

– Me esquece, me esquece...

Edu balançou a cabeça de um lado para o outro e ficou quieto. Todo ano era a mesma coisa, seu amigo Beto ficava insuportável no início da primavera, estação considerada altamente perigosa, já que todo ser pensante passava a sofrer as consequências da radiação amorosa.

Claro que Edu também sofria a ação do novo tempo, mas, para ele, o segredo era manter-se no nível do chão, ouvir mais e inventar menos.

– Pensando bem – recomeçou Beto –, fazer chover qualquer índio de carnaval faz. Vou movimentar os ponteiros do relógio da matriz com a força da mente. O que você acha?

– Grande!

– Primeiro eu falo com o padre Teodoro, depois convoco a população a não perder o espetáculo logo após a missa, aí... Bom, depois é só exigir silêncio, me concentrar e enviar ondas de pensamento para o alvo.

– Fenomenal!

– Obrigado, mas acho que vou precisar de um assistente. O que você vai fazer no domingo?

– Vou estar debaixo do cobertor, ardendo de febre.

– Você mente e nem fica vermelho! Tudo bem, "amigo", vou encarar o desafio sozinho! Aliás, preciso escolher melhor minhas amizades!

– Tem razão. Amizade é que nem roupa, não pode ficar justa nem larga.

– É. E quando fica velha, a gente dá ou joga fora.

– Escuta aqui, roupa velha, você sabe do que nós precisamos, não sabe?

Beto fingiu que não ouviu, soprou o ar, assobiou.

– É isso aí – tornou Edu. – Garotas!

Beto encarou o amigo.

– Você fala como se precisássemos de meias.

– É um pouco complicado, reconheço, mas não podemos nos deixar vencer pelas dificuldades. Somos homens ou não?

– Bem, eu tenho só 13 anos.

– E daí? Eu também. Mas estou disposto a mudar a situação.

Beto coçou-se exageradamente.

– Ok, qual é o plano?

Edu olhou a rua sem movimento. Roeu uma unha.

– Simples. Faremos uma lista de “abordáveis” e mãos à obra.

– Ideia maravilhosa! Olha só como estou emocionado!

– Que é que você queria? Convidar uma atriz de Hollywood pra jantar na sua casa?

– Ah, vamos parar por aqui, você me cansa!

– Você também me cansa. A questão é que ninguém mais nos suporta, a não ser nós mesmos.

Beto piscou e torceu a boca.

– É, você tem razão. Só um jegue entende outro. *Ruóónc*!

– *Ruóónc* pra você também!

Fracasso 1

Em casa era sempre a mesma história. O irmão ficava com o bife maior, o pai quase não falava, a mãe falava demais.

– Hoje de manhã, descobri pozinho de madeira debaixo da estante, tou achando que é cupim. A panela de pressão precisa de borracha nova, tá escapando vapor. A gaveta da cômoda tá com o puxador solto, tomem cuidado quando abrir. Vocês repararam que as formigas voltaram a atacar as roseiras? Aquele veneno deixou elas mais fortes, acho que era aveia... Jesus Santíssimo, levantei com uma dor aqui de lado!

Dentro de casa era assim, por isso Beto preferia o ar quente da rua. Lá pelo menos não tinha torneira pingando, porta rangendo, veneno para formigas.

Por que as mães se preocupam tanto com os problemas domésticos? É só não dar bola que eles não crescem, acabam insignificantes. Mas vá entender as mães!

– E aí, careta, como é que foi com a Tânia? – Beto perguntou assim que encontrou Edu.

– Micou. Ela quis saber se eu gostava de cachorros, eu disse que gostava. Perguntou se me dava bem com gatos, respondi que sim, e que também não tinha nada contra araras. Aí veio a pergunta fatal...

Edu parou de falar, fingindo desinteresse, e ficou curtindo a ansiedade do amigo. Finalmente, Beto explodiu:

– Fala, pernilongo!

– Bem – continuou Edu, ainda fingindo desinteresse –, a doce Tânia olhou no raso dos meus olhos e, com voz meiga, lascou: "Por acaso você sabe curar bicheira de gado?".

– Ca-ta-ri-na! E você?

— Fiquei mudo por dez minutos. Ela se cansou de esperar a resposta e caiu fora. Daí eu tomei um sorvete de amora e risquei a filha do veterinário da lista. Tá bom ou vai mais meio quilo?

Beto resmungou qualquer coisa, depois soprou o ar quente da tarde.

— Comigo não foi muito diferente — contou por fim. — A Isabel Cristina é carola... Quando eu falei que gostaria de gravar meu nome e o dela na paineira da praça, ela piscou feito lambari no aquário e veio com aquela voz de *donamaria*: "Você sabe o que diz o salmo 18?".

— Capacete! E aí?

— Daí eu disse que não sabia, e de novo a Isabel Cristina mandou bala: "Em que idioma Jesus Cristo se expressava?".

Edu não conseguiu segurar a gargalhada.

— Para de rir, hiena banguela! Vai ouvir ou não?

— Tá, tá, continua.

— Bem, daí eu fiz aquela nossa imitação de *jegue-na-lama*, e ela saiu correndo. A sandália arrebentou, ela arrancou a bruta e continuou desembestada pela rua, com um pé calçado e outro não.

Depois da sessão de risadas, um deles arriscou:

— Que que a gente faz? Para ou continua?

— Continua, claro!

— Quem vem agora?

— Marina e Samanta.

— Não sei se tenho fôlego.

— Lógico que tem, você é o *urso-líder*, meu chapa.

— Quem me dera hibernar oito meses.

— Você poderá fazer isso depois de casar com a Samanta, o pai dela tem grana.

— Não é má ideia.

— Isso aí, enquanto você hiberna, eu cuido da Samanta.

— Não sei como seu cérebro ainda não murchou com tanta bobagem acumulada!

Minhoca

A vida era sempre igual no velho casarão de janelas azuis, mas nem por isso deixava de ser interessante. Edu e a avó eram os únicos habitantes do lugar... Bem, isso de acordo com o censo local.

– Edu, você ouviu ontem à noite?

– Ouvi, vó. O fantasma do vô tava ouvindo futebol no rádio do porão. Mas fica tranquila, assim que acaba o jogo ele vai embora.

– Isso eu sei. Quero saber quanto foi o jogo.

– O Jenipapo ganhou do Ponte Rasa, 3 a 2.

– Teu avô deve ter ficado feliz.

– Deve mesmo, nem apagou a luz quando saiu.

– Velho desmiolado, nunca *deixa* de ser esbanjador. Edu...

– Fala, vó.

– Você anda pálido, meu filho. Que é que tá acontecendo?

– Nada, ué. Acho que tou precisando de um pouquinho de sol.

– De um pouquinho de sol e de um montão de mulheres! É ou não é?

– Deixa disso, vó.

– Escuta, Edu, não precisa ficar sem jeito de falar essas coisas comigo. Você é a única pessoa que eu tenho no mundo, e eu sou a única pessoa que você tem, daí que a gente não pode nem deve esconder nada um do outro. O que você acha?

– A senhora tá certa, vó. O problema é que nesta época do ano a gente começa a sentir uma coisa estranha aqui dentro...

– Ah, meu filho, disso ninguém escapa. Gente, bicho, planta, pedra, água... *A descabelada da primavera consegue transformar tudo*! Pela túnica de Santa Bárbara, tudo mesmo!

– Sabe de uma coisa, vó? Às vezes eu penso que seria melhor sumir nesta época, cavar um buraco bem fundo e ficar lá esperando o tempo passar.

– Deixa de besteira, menino! Minhoca é que foi feita pra ficar debaixo da terra. Gente fica em cima, convivendo com gente! E agora para de achar coisas e vai lá pra fora olhar o sol que tá fazendo.

Edu acenou para a vó e saiu. Foi andando debaixo do sol, convencendo-se aos poucos de que o melhor mesmo era ficar na parte de cima da terra.

Suspensão

A diretora mordeu a ponta da caneta, olhou os papéis em cima da mesa e em seguida encarou o garoto que ocupava a cadeira a sua frente. Estavam só os dois na sala.

– Senhor Carlos Alberto, a inspetora de alunos o acusa de fazer desenhos obscenos no sanitário masculino. O senhor confirma?

– Não, senhora.

– A professora de Ciências o acusa de escrever frases inconvenientes ao lado da ilustração do corpo humano no laboratório. O senhor confirma?

– Não, senhora.

– O professor de Educação Física o acusa de fazer movimentos impróprios com uma bola de basquete durante a última aula. O senhor confirma?

– Não, senhora.

– Pois bem, seu Carlos Alberto, a sua colega Luciana afirma que o senhor produziu um som indecente com a boca quando ela passou. O senhor confirma?

– Ah, isso eu fiz, sim. Tinha acabado de tomar refrigerante.

– Muito bem, seu Carlos Alberto, está suspenso por três dias! Passar bem!

Mais tarde, depois das aulas.

– Não consegui entender... – falou Edu. – Você confirmou ter feito a única coisa que não fez. Qual é o lance?

– Nenhum. – Beto deu de ombros. – Achei legal pagar por alguma coisa que eu não cometi. Caminharei para a forca confiante no julgamento divino.

– Se eu fosse você, não confiaria tanto. Pode ser que o pessoal lá em cima esteja de férias.

– Ora, não me amole!

História

Existiu em alguma curva do passado uma Jenipapo do Norte que justificasse a do Sul?

Ninguém sabia. De concreto só o fato de um certo Nicolau Jenipapo ter caído do cavalo debaixo da grande paineira, dando origem ao município.

O primeiro prédio público, erguido em mutirão, foi o Posto de Saúde, inaugurado com um discurso longo e cansativo do doutor Josmar, que àquela época usava uma peruca de crina de cavalo, de cor indefinida e cheiro desagradável.

Depois vieram o Distrito Policial, a Igreja de Santa Rita, o Fórum Municipal e o Instituto de Educação Madre Augusta.

Estrategicamente, as lojas da cidade adotaram o sistema de venda a prazo, o que levou a população local a deixar de fazer compras em Duas Pontes, cidade vizinha e pouco mais importante devido à existência de um prédio de três andares sem elevador.

Com o Cine Real, chegaram a Sorveteria Central, a Livraria Cultura, o Supermercado Panelão e – alegria!, alegria! – o Jenipapo Futebol Clube, cujo primeiro time causou sensação com Toquinho, o goleiro de 1,38 m que fazia defesas milagrosas; Macarrão e Marivaldo, os meios-de-campo que assombraram os times grandes da capital; e Quartel, um meia-esquerda que armava, desarmava, cobria, lançava e ainda fazia gols. Não era um time, era um chocolate suíço, uma tulipa holandesa.

Coincidência ou não, uma semana depois da inauguração da Confeitaria Cristal, chegaram os dentistas: doutora Carina e doutor Giovanni, ambos recém-formados, simpáticos e dispostos. Aos poucos ganharam a confiança e os molares dos jenipapenses.

Logo em seguida, aconteceu a epidemia de piolhos, causada, ao que parece, pelos pombos que ocupavam a paineira da praça da matriz.

A situação chegou a tal ponto que algumas vozes sugeriram botá-la abaixo, ideia imediatamente contestada pelos antigos moradores, defensores da flora nativa do lugar.

Vai daí que um belo dia os pombos se cansaram da praça, os piolhos desistiram do couro cabeludo daquela gente, a paineira velha de guerra continuou de pé, majestosa e solidária.

Por muito tempo, Jenipapo do Sul foi considerada Capital Nacional da Manga Coração-de-Boi, mas, devido a condições climáticas adversas, a fruta-símbolo acabou insípida e menor que coração de galinha.

O tomate tomou o lugar da manga e chegou a dar certa notoriedade ao município quando começaram a virar moda os protestos políticos e as brigas entre torcidas. Era sempre uma honra ser atingido por um tomatão de Jenipapo do Sul.

Quando tudo parecia funcionar como um trem inglês, alguém trouxe uma praga no meio de umas mudas de manjericão, e lá se foi o principal ingrediente da salada regional.

Exaustos, os bravos agricultores locais resolveram tentar a sorte com o bom e velho milho, e dessa vez os deuses deram uma forcinha.

Para orgulho da população, Jenipapo do Sul passou a ser conhecida como "Terra Dourada", com direito a ter o nome impresso na embalagem do Fubá Joaninha, produzido e embalado na Cooperativa de Grãos Tremoço e Filhos.

Muita coisa há para dizer, mas o bom senso recomenda reduzir o papo para não tropeçar no próprio.

Dívida

A mureta da Sapataria Realce era um dos pontos de encontro dos meninos. Lá estavam Beto, Edu, Turquinho – filho do seu Abdala e da dona Safira – e Léo – filho da Neusinha manicure e de um jogador de futebol que fora tentar a sorte na Itália e nunca mais voltou.

Eles comiam goiabas e admiravam a Lua cheia.

– Parece um botão de jaqueta.

– Um olho de dragão.

– Uma bola de basquete.

– Uma fatia de mortadela!

– Pronto, a betoneira humana começou a funcionar.

– Coitado, deve ser triste levar a vida pensando só em comida.

– Comida e garotas.

– Mas pela ordem é comida, comida e garotas.

– Tenho pena de vocês, que se perdem na mesmice da mediocridade, sem nunca buscar os caminhos desconhecidos do prazer.

Assobios.

Palmas.

Ovações.

– Vocês não acham que o mundo seria mil vezes mais triste sem as observações do Beto?

– Mais triste e menos culto.

– É, principalmente aos domingos, quando ele come lasanha e fica inspirado.

– Ah, calem a matraca e sintam o perfume que está no ar!

– O grande Beto tem razão. Vem lá da rua do Correio. Será que é o que eu tou pensando?

– *Hum-hum.* É o perfume da Norma, se arrumando pra embelezar a noite.

– Ah, bom Deus, aonde será que ela vai?

– Na certa vai sorrir pro asno do Heitor.

– No que faz muito bem. Aquele asno é cheio da grana.

– Ei, por falar em grana, o meu tio comentou que o Madre Augusta tá perigando fechar.

– Epa, que papo é esse?

– Parece que tem uma montanha de impostos atrasados. E a prefeitura tá no pé porque o terreno pertence a ela.

– É muita grana?

– Mais ou menos. Faz uma data que eles não pagam.

– Peralá. Se fecharem o Madre Augusta, onde é que nós vamos estudar?

– No Duque de Caxias.

– Nem morto! Nem morto!

– É isso aí. Falcões não se misturam com gralhas.

– Então a saída é pegar ônibus todos os dias pra ir até Duas Pontes.

– Tudo bem, isso eu faço.

Os meninos ficaram em silêncio, contemplando a Lua cheia e pensando em ene alternativas para não estudar no Duque.

Castigo

Edu aproximou-se do banquinho de madeira onde a vó estava sentada, descascando cenouras.

– O padre Teodoro esteve aqui – ela anunciou, sem tirar os olhos do que fazia.

Edu torceu as mãos, fingiu brincar com os cadarços dos tênis. A avó suspirou e tornou a falar sem olhar para o neto:

– O que o padre contou é verdade?

– Eu não sei o que ele contou.

– Que você e o Beto botaram anilina vermelha na água benta. A ideia foi do Beto?

– Não, foi minha mesmo.

– Bom, deixa eu dizer que prometi ao padre punir essa bobagem.

Ela deixou as cenouras de lado e se virou para o menino.

– O senhor vai limpar o porão e varrer o quintal. Com a vassoura sem cabo.

Edu olhou a vó, sem conseguir disfarçar a careta.

– Mas, vó, desse jeito vou ficar com a coluna arrebentada!

– A intenção é essa, meu caro. Da próxima vez que tiver uma dessas ideias "brilhantes", você se lembrará da vassoura sem cabo.

Não foi fácil. Em determinados momentos, Edu chegava a trincar os dentes para não gritar de dor, mas finalmente o porão e o quintal ficaram limpos.

O menino deu dois chutes na vassoura sem cabo e saiu dolorido para a rua. Encontrou Beto na calçada da Sorveteria Central.

– Vidão, hein?

Beto não respondeu, continuou como estava, segurando a cabeça com as mãos.

— Limpei o porão e o quintal com uma vassoura sem cabo — contou Edu. — Meus ossos estão moídos. Que foi que fizeram com você?

Beto mostrou as mãos vermelhas, inchadas.

— Minha mãe me fez matar as formigas do canteiro.

— Ah, isso não é nada!

— Então tenta fazer com uma pinça de sobrancelha.

— Capacete! Sua mãe fez isso?

— Pois é... Mas, e aí, como foi com a Marina?

Edu gemeu, contou que a Marina sonhava viver entre as nuvens, seu destino era se casar com um oficial da Aeronáutica. Beto sugeriu:

— Por que você não se alista quando tiver idade?

— Eu tenho a vista fraca.

— É. De tanto ler gibi no escuro.

— Bom, e a Samanta? — cutucou Edu.

— Não falei com ela.

— Vai dizer que tremeu?!

— Nada disso, cheguei perto dela, mas...

— Desembucha, jegue!

— Meu estômago gritou "dá meia-volta"! Eu obedeci.

— Ah, quer dizer que você "ouve" o estômago, e não o coração!

— Ouço os dois, caro jegue. A questão é que dou mais atenção ao estômago. Estilo meu, ponto final.

Edu deu de ombros.

— Bem, as próximas da lista são a Cristina e a Luciana. Vai de quê?

— Vou de Luciana.

— Ok, eu fico com a Cristina. A vantagem é que ela é estrábica, pode me ver em duas dimensões.

— Que diferença faz? Você é jeca em qualquer dimensão.

Os dois amigos riram, esquecendo as dores por alguns instantes.

Arte

Dona Matilde, professora de Desenho Artístico, olhou a folha de papel e fez uma careta. Intrigada, virou a folha de cabeça para baixo. Examinou-a pacientemente. Tirou os óculos, encarou a classe.

– Beto, levante-se, por favor.

No fundo da sala, o menino obedeceu. A professora ergueu a folha de papel de maneira que todos pudessem vê-la. Tornou a falar:

– Você é capaz de dizer o que isto representa?

O garoto pressionou a beirada da carteira antes de responder:

– B-bem, depende da temperatura do momento.

– Como assim? Explique-se melhor.

– Bom, se a senhora tocar no pontinho preto e perceber que está frio, pode ser um pedregulho, um giz e assim por diante. Se tocar e notar que está quente, pode ser uma pamonha, um bauru e assim por diante.

A classe riu. A professora fechou a cara.

– Você está querendo brincar com assunto sério, meu caro!

– Não, dona Matilde, não estou, não. Meu trabalho é inspirado na arte tocável, um movimento que tá surgindo na Itália.

– Nunca ouvi falar desse movimento.

– É porque tá começando agora, quase não teve divulgação.

– E como você ficou sabendo dele?

– Meu pai recebe um jornalzinho italiano todo mês, foi lá que descobri essa nova arte. É muito simples, dona Matilde, tudo depende da temperatura ambiente e do estado emocional do observador.

– E um zero bem redondo é frio ou quente? – questionou a professora.

– Mas, dona Matilde, essa nova maneira de olhar desenhos vai revolucionar as artes plásticas – Beto se apressou a dizer. – De repente a senhora tem uma obra-prima nas mãos e...

– Pode sentar-se, Beto, obrigada.

– O segredo é o toque e a...

– Sente-se, por favor!

Beto calou-se e obedeceu. A professora de Desenho Artístico abriu o diário, anotou alguma coisa, depois comunicou:

– Acabei de desenhar um zero bem geladinho. E sinto-me emocionalmente bem.

Risadas.

No intervalo Edu bateu no ombro do amigo.

– Valeu, careta, você foi quente. Pena que esbarrou na frieza da dona Matilde.

– Ora, ela não entende nada de arte. Nem ela nem ninguém nesta escola. São todos uns conservadores, ultrapassados.

– Tá, tá, pode parar. Só estamos nós dois aqui. Agora, fala sério, de onde você tirou essa de arte tocável?

– Daqui. – Beto bateu o indicador na testa. – Deste lugar que muita gente tem oco.

– E aquele papo de movimento artístico italiano? Era tudo furo?

– Furo coisa nenhuma, eu tenho sangue italiano nas veias. E, além do mais, o ar lá de casa é contaminado de arte.

– *Xiii*, para, para.

– Tá vendo? Os ignorantes não sabem conviver em harmonia com as transformações!

– *Iiiih*...

Outono

Edu apagou a chama, mas o leite já havia derramado e sujado todo o fogão.

— Vó. O leite já era.

— Santa Teresinha! Eu tou do lado e não vi!

— Isso acontece. Deixa que eu limpo o fogão.

A velha apoiou-se na beirada da pia e ficou olhando o pingar monótono da torneira.

— É. Acontece com gente velha, com quem já devia ter parado e não parou.

— Que bobagem, vó! Deixa disso.

Com um gemido esticado, ela se sentou no banquinho de madeira, juntando as mãos.

— Bem, pelo menos espero ver as jabuticabeiras em flor.

— Que é isso, vó? Que papo baixo-astral é esse?

— Nada demais, só a confirmação do que eu já vinha percebendo: minha visão tá indo embora, Du, mal vejo o abacateiro de manhã.

Edu sentiu um arrepio, aproximou-se do banquinho e sentou no chão.

— Impressão sua, vó, deve ser vista cansada. Um bom colírio resolve tudo.

– Não, Du, não é tão simples quanto você deseja. Os anos passam, e as coisas ficam mais difíceis. E isso é só o começo das dificuldades.

– E se a senhora falar com o doutor Josmar? Aposto que ele tem a solução.

A velha balançou a cabeça de um lado para o outro devagar.

– Os remédios para a velhice são paciência e resignação... nada além disso.

Edu, sentado no ladrilho, foi percebendo aos poucos que a primavera tinha seus dias de outono.

Notícia

Os garotos do Instituto Madre Augusta estavam reunidos na calçada da Sorveteria Central, discutindo o assunto de sempre: garotas.

Foi quando alguém chegou com a notícia de que Rodriguinho, o camisa 10 do time do colégio, estava mal.

– É sério. Coração.

– Coração é sério, mas sempre há uma saída.

– No caso dele, não. Só trocando.

– Você quer dizer transplante?

– Isso aí.

Num piscar de olhos, as garotas sumiram do papo.

– Essa é a palavra final?

– É. Foi fazer exame, e os médicos descobriram a coisa. Deram prazo: sessenta, quarenta dias. Talvez menos.

Rodriguinho era filho do seu Rodrigo, da funilaria. Um garoto magro, calmo, sorridente. Só essas qualidades fariam dele um grande cara, mas Rodriguinho tinha outra, a maior de todas: lançava a bola como ninguém, colocando os companheiros na cara do gol.

Mágico, sublime, flutuava em campo. Ninguém se lembrava de tê-lo visto dando um pontapé, uma cotovelada, um carrinho por trás em algum jogador do time rival.

Tinha nascido exclusivamente para mandar a bola para onde quisesse, independentemente do estado do gramado ou da lealdade do adversário.

– Precisamos fazer alguma coisa – gritou alguém.

– Não olha pra mim, eu não entendo nada de medicina.

– Calma, pessoal, calma. Infelizmente *não há nada* que a gente possa fazer.

A frase ficou flutuando no ar, incômoda como um dente dolorido.

Deusa

Foi Juvenal Radar, funcionário da rodoviária e possuidor de certos dotes literários, quem melhor descreveu a recenseadora Sabrina assim que ela desceu do ônibus e pisou o chão de Jenipapo do Sul.

– Um anjo de cabelos negros, longos e lisos. Olhos claros como as manhãs de outubro, boca carnuda como polpa de abacate, dentes perolados, corpo de deusa e sorriso divino-demoníaco.

Dito isso, Juvenal sentiu faltar-lhe o ar e, sem tempo de procurar apoio, desabou entre malas e mochilas do setor de bagagens da rodoviária municipal.

A partir daí, tudo aconteceu.

Oscar Leal, editor-proprietário da Folha de Jenipapo, substituiu às pressas a foto da primeira página do novo campo de bocha da Associação Comercial pela de Sabrina sentada, de pernas cruzadas, na recepção do Hotel Renascença. Abaixo, a legenda dava nome, idade, profissão e estado civil da moça.

O jornal tirou duas edições históricas naquele dia: cem exemplares de manhã e outros noventa e três à tarde. Estes com a foto de Sabrina um tanto apagada, já que a capacidade de impressão das máquinas estava por um fio.

Boatos, intrigas e devaneios circularam durante todo o dia, ofuscando o brilho da abertura da Semana dos Bons Dentes, evento promovido anualmente pelas Voluntárias do Amor Maior.

Soube-se que Galvão, antigo comunista e ateu juramentado,

ajoelhou-se na calçada, beijando três vezes a foto de Sabrina e agradecendo a São Jerônimo a oportunidade de estar ocupando o mesmo espaço físico que a moça.

Pedrão Careca, motorista do táxi que levou Sabrina ao hotel, passou o resto do dia dentro do carro, com os vidros fechados, respirando o perfume que ela havia deixado no ar.

A direção do Hotel Renascença, antigo sobrado de estilo barroco, pediu proteção policial logo após a visitante ocupar a suíte executiva do segundo andar. Temia uma possível invasão dos vinte e um viúvos que decidiram acampar na calçada em frente.

Os garotos do Instituto Madre Augusta não retornaram às aulas depois do intervalo, e o sumiço só foi esclarecido quando alguém os descobriu tomando sol no telhado da Floricultura Verde Feliz – coincidentemente o lugar que oferecia a melhor visão do interior da suíte executiva.

A famosa torta de milho da Panificadora Perrone deixou de sair naquela tarde – depois de trinta anos ininterruptos – simplesmente porque os confeiteiros resolveram manter plantão no estacionamento do hotel, na esperança de ver Sabrina sair para um passeio.

Mas a moça não deu o ar da graça. Jantou no quarto e, apesar do calor africano, não abriu as janelas.

Naquela noite, a Lua cor de maracujá foi recebida por longos e estranhos uivos, que não enganaram dona Cinira, mulher acostumada aos mistérios noturnos:

– Isso tá me cheirando a uivo de gente! E de marmanjo barbado!

Na manhã seguinte, doutor Josmar atendeu catorze barbados com problemas nas cordas vocais. Entre eles, o prefeito Casemiro Merenda, o Mirinho.

Durante os vinte e sete dias em que a recenseadora Sabrina levantou os dados estatísticos do município, padre Teodoro deixou de realizar a reunião dos noivos por absoluta falta dos participantes masculinos.

O Jenipapo Futebol Clube cancelou dois compromissos importantes porque Toninho-Perna-Bamba, artilheiro do time, caiu em depressão depois de uma pesquisa revelar que a população preferia as pernas de Sabrina às dele no comando do ataque.

Porém, a flechada mortal nos marmanjos foi o Baile da Canja, em que Sabrina passou a noite dançando com Dioguinho Milanês, rapaz delicado que compunha versos modernistas e sabia o nome científico de todas as orquídeas da estufa municipal.

Desse dia em diante, os muros da cidade passaram a amanhecer cobertos de versos sem rima, e a Livraria Cultura mandou vir da capital mais trezentos exemplares do Dicionário Botânico Condensado.

Uma semana após a realização do Baile da Canja, Sabrina deu por encerrado seu trabalho em Jenipapo do Sul. Sua partida foi de tal maneira concorrida que a Rádio Difusora colocou um repórter na plataforma da estação para transmitir ao vivo as emoções dos que ficavam. Com voz trêmula, o repórter descreveu a cena como "um mar de lamentações, olhos vermelhos, prolongados suspiros e disparatadas juras de amor por parte do contingente masculino que compareceu à estação ferroviária do nosso progressista município".

Soube-se mais tarde que Dioguinho recebera um bilhete de Sabrina, dizendo mais ou menos o seguinte:

> Guinho querido,
>
> Saiba que ainda tenho comigo o doce murmurar da sua voz ao meu ouvido, explicando com detalhes a função do androceu e do gineceu. Ah, meu anjo, como eu gostaria de ser uma flor do seu jardim... E olha que nem precisava ser a principal, ficaria feliz em ser apenas uma florzinha coadjuvante. Venha me visitar quando vier à capital, você sabe onde me encontrar.
>
> Beijos,
>
> Sassá

Sim, Dioguinho foi à capital. Ficou um bom tempo por lá. Quando retornou, estava mais magro, triste e desiludido. Deixou de escrever poesia, doou seus livros de botânica, passou a estudar física quântica. Ninguém jamais lhe perguntou coisa alguma sobre Sabrina, mas quem sabia ler a linguagem do olhar logo percebia nos olhos do rapaz que Sabrina era uma flor urbana incapaz de viver num canteiro do campo. Dioguinho descobrira isso do jeito mais difícil.

Fracasso 3

– Afta?!

– É – confirmou Beto. – Duas vezes por ano ela tem isso.

– Aí você caiu fora?

– Lógico! Tá me achando com cara de pastilha? Mas, conta aí, como é que foi com a Cristina?

– Sabe que eu não sei...

– Como não sabe? Que história é essa?

– A cachorrinha dela, a Cleópatra, não parava de ganir. A Cristina não ouviu o que eu perguntei, e eu não ouvi o que ela respondeu. Marcamos um novo encontro, quando a Cleópatra sair do cio.

Edu chutou uma pedra e prosseguiu sem entusiasmo:

– Acabou a lista. Babau!

Beto franziu a testa, chupou o nariz com força.

– Tem *Playboy* nova na banca. Vamos rachar?

– Não, nada de papel! Não precisamos de fotos, precisamos de mulher!

– Só você sabe disso.

– Ainda acho que deveríamos fazer uma visitinha à casa da Margô.

– Esquece, lá tem que pagar.

– Qual o problema? Você não paga a *Playboy*?

– Sim, mas na Margô é uma vez só. A Playboy dura um tempão.

Edu fez uma careta.

– Quer dizer que pra você o negócio é quantidade?!

– Pensa como quiser! E tem mais... na casa da Margô, não tem garotas australianas nem holandesas.

– E o que é que têm as garotas australianas e as holandesas?

– São as melhores do mundo!

– Como você sabe, morando a milhares de quilômetros da Holanda e da Austrália?!

– A beleza não conhece distância, meu caro. Montanhas e mares se encolhem diante do charme e da sensualidade.

– Ai, ai! Nem São Francisco aguentaria o que eu aguento!

ENTRE LINHAS COTIDIANO

Uma certa primavera

Tadeu Pereira

Suplemento de leitura

Em princípio, Beto e Edu, amigos inseparáveis, parecem pensar em apenas uma coisa: meninas, claro! Afinal, a primavera chegou à bucólica cidadezinha de Jenipapo do Sul, e eles estão adolescendo. Seus hormônios estão em ebulição.

No entanto, essa primeira impressão vai se modificando ao longo da narrativa. E os garotos mostram que, se a situação exige, eles não têm apenas hormônios, têm miolos também. Por isso, mobilizam-se quando veem a escola em dificuldades financeiras. Também se sensibilizam com a colega grávida, abandonada pelo namorado e pela família. E se entristecem com a morte de Rodriguinho, um amigo querido... Mas não por muito tempo, só até a próxima piada, porque ninguém é de ferro.

Por dentro do texto

Enredo

1. *Uma certa primavera* tem duas características marcantes: o humor e os capítulos curtos.

   a) Como o humor se apresenta no texto?

   b) Que efeito os capítulos curtos produzem na obra?

2. A história central de *Uma certa primavera* narra as brincadeiras e preocupações dos amigos Edu e Beto, adolescentes da interiorana cidade de Jenipapo do Sul. Mas existem outras ações paralelas. Cite algumas delas.

3. Releia o capítulo "Vice" (p. 36) e responda:

a) Qual é sua opinião sobre as decisões do vice-prefeito João Cabeça?

b) Para você, os moradores de Jenipapo do Sul tiveram bom senso ao tolerar os caprichos do vice-prefeito?

Linguagem

4. Que tipo de texto predomina no livro?

( ) a descrição

( ) a narração

( ) o diálogo

5. Retire da obra um exemplo de texto narrativo.

6. Para você, quais são as principais características dos diálogos entre Beto e Edu?

os desprotegidos, pobres, fracos, injustiçados, etc. e tomar alguma atitude para ajudar, consolar, confortar. Beto e Edu são solidários em vários momentos da história, por exemplo: ao organizar uma campanha para saldar a dívida do Instituto Madre Augusta; ao oferecer seu apoio e sua ajuda a Norma, que, grávida, é abandonada pelo namorado e pela família; etc. Você se considera uma pessoa solidária? O que tem feito por aqueles que precisam de apoio? Reflita a respeito e veja se é possível melhorar sua atuação social. A seguir, sugerimos duas boas leituras sobre o tema: *O que é que eu posso fazer?*, de Tânia Alexandre Martinelli (Atual Editora); *Redes solidárias*, de Maria Tereza Maldonado (Editora Saraiva).

Atual Editora

tado, finalize o trabalho colorindo-o. Lembre-se de colocar no primeiro quadrinho o título da história e no último a palavra *fim*. Agora elabore uma capa para a revistinha, escrevendo o nome das personagens principais, o nome do autor e ilustrando-a. Grampeie tudo. Troque sua revista com os colegas e divirta-se.

14. No capítulo "Consequências" (p. 68), Edu, Beto e Turquinho são abordados por garotas interessadas em conhecê-los melhor. Escolha uma dessas três personagens e elabore um texto de aproximadamente vinte linhas, em forma de narrativa e diálogos, relatando o desdobramento desse episódio. A linguagem deve ser ágil e bem-humorada.

Atividades complementares

(Sugestões para História, Geografia, Ciências e Ética)

15. No capítulo "História" (p. 13), ficamos sabendo que o primeiro prédio público de Jenipapo do Sul, o Posto de Saúde, foi construído em *mutirão*. Você sabe o que é mutirão e quando ele se faz necessário? Faça uma pesquisa na Internet, em jornais e/ou revistas para descobrir mais a respeito e cite um exemplo recente na cidade ou no Estado onde você mora.

16. De acordo com a avó de Edu, "Os remédios para a velhice são paciência e resignação... nada além disso" (p. 22). Será que todo idoso concorda com ela? Entreviste pessoas com mais de 65 anos em sua família e/ou vizinhança e descubra o que elas pensam sobre a velhice, quais são suas dificuldades nessa fase da vida e qual é o lado bom de envelhecer. Anote as respostas e apresente-as para a classe.

17. A solidariedade é um dos temas presentes em *Uma certa primavera*. Ser solidário é se sensibilizar com aqueles que sofrem,

7. Em sua opinião, nos diálogos entre Beto e Edu, que tipo de linguagem o autor pretende reproduzir? Justifique sua resposta.

8. O que o narrador quer dizer com:

a) "Não era um time, era um chocolate suíço, uma tulipa holandesa". (p. 14)

b) "Edu, sentado no ladrilho, foi percebendo aos poucos que a primavera tinha seus dias de outono". (p. 22)

9. O capítulo "Deusa" (p. 24) narra a passagem de Sabrina, uma bela jovem, pela cidade de Jenipapo do Sul. Sempre em tom de humor, notam-se nesse episódio vários tipos de exagero. Cite alguns exemplos.

10. Explique com suas palavras o que a avó de Edu quer dizer com a frase: "*A descabelada da primavera consegue transformar tudo!*". (p. 11)

Personagens

11. O que há em comum entre Beto e Edu?

12. Releia o trecho a seguir:

Em casa era sempre a mesma história. O irmão ficava com o bife maior, o pai quase não falava, a mãe falava demais.

– Hoje de manhã, descobri pozinho de madeira debaixo da estante, tou achando que é cupim. A panela de pressão precisa de borracha nova, tá escapando vapor. A gaveta da cômoda tá com o puxador solto, tomem cuidado quando abrir. Vocês repararam que as formigas voltaram a atacar as roseiras? [...]

Dentro de casa era assim, por isso Beto preferia o ar quente da rua. [...] (p. 8)

a) Em sua opinião, como é o relacionamento de Beto com a família?

b) Como é a relação de Edu e sua avó na história? Retire do texto um trecho que justifique sua resposta.

c) E você? Que tipo de relação mantém com seus familiares?

Produção de textos

13. Que tal fazer uma história em quadrinhos? Escolha um ou mais capítulos de Uma certa primavera e, em folhas de sulfite dobradas ao meio, faça um rascunho da história, em quadrinhos e na sequência correta. Não se esqueça de ilustrar as cenas e as personagens, nem de esboçar as falas, os pensamentos e as onomatopeias nos balões correspondentes. Depois de tudo acer-

Sucessor

O professor de Ciências apontou para o fundo da classe.

– Turquinho, o que é o diafragma?

– *Humm*, é... um osso.

– Beto, o que é o diafragma?

– A parede externa dos pulmões.

– Edu, o que é o diafragma?

– *Ahn*... uma veia que ajuda a respiração.

– Adriana, o que é o diafragma?

– É o músculo que separa o tórax do abdômen.

O professor sorriu, tamborilando os dedos na mesa.

– O tempo passa – filosofou –, o tempo voa, e os cabeças-de-vento são sempre os mesmos.

Riu o professor, riram os almofadinhas da frente.

Mais tarde, na rua, Beto é o professor de Ciências.

– Edu, o que é o diafragma?

– É o processo de formação de covinhas nas bochechas da Valéria.

– Turquinho, o que é o diafragma?

– É a intensidade de luz no olhar da Ana Paula.

Beto respira fundo, agita os braços.

– Aprenderam agora, chimpanzés?

Todos juntos, em falsete:

– Sim, senhor, professor Rabanete!!!

Beto torce um canto da boca e finaliza:

– O tempo passa, o tempo voa, e os *babalus* pensam que ensinar é fazer pose na frente do quadro-negro!

Gritos.

Palmas.

Assobios.

– Muito bem – falou Edu. – Lavamos a nossa alma encardida. Agora entra no ar um assunto muito importante: o substituto do Rodriguinho. Que tal o Alecrim?

– O Alecrim prende muito a bola. Sou mais o Bila.

– É, o Bila lança bem e volta pra ajudar a defesa. O problema é a canela de vidro.

– Nisso a gente dá um jeito. Pega no pé.

– E o Denga?

– Bom cabeceador, mas lento.

– O Sandro?

– Ah, esse quer aparecer, joga pra torcida. Além do mais, não pode chegar em casa esfolado que a mãe vira bicho.

– Que tal o Zelino?

– Vive preocupado em não sujar as meias.

– Peraí, ninguém falou do Pio!

– Grande lançador. Distribui bem o jogo e não foge do pau.

– E tem mais, é um cara maneiro. Aceita críticas.

– E, então, cravamos nele?

Foi assim que Paulo Sérgio, o Pio, ganhou a difícil tarefa de substituir Rodriguinho no coração da galera.

Adeus

Os meninos do Madre Augusta estavam perfilados no pequeno auditório da escola, vestidos com o uniforme do time, como se fossem entrar em campo para mais um pega com os cavalões do Duque de Caxias.

A turma toda lá, formando um u em torno do caixão do Rodriguinho, que parecia um santo de procissão coberto de margaridas-do-campo.

A cabeça — aquela que pensava mais rápido que os zagueiros adversários — repousava placidamente na bandeira dobrada do time. Nos pés mágicos, as chuteiras divinas brilhavam como a cauda de um cometa.

Seu Rodrigo, pai do Rodriguinho, olhava languidamente o rosto arroxeado do filho, como se procurasse vê-lo no futuro, sorridente, com o diploma de engenheiro nas mãos.

Ah, pensava o pai, pelo menos o bom Deus permitira ao Rodriguinho ir embora na primavera, numa tarde em que as begônias começavam a se abrir, e o cheiro de grama nova estava em toda parte. Talvez isso fosse o prenúncio de que ele começaria bem sua *nova vida* onde quer que fosse.

Todas as janelas do auditório estavam abertas, o que não resolvia o problema do calor, mas permitia que bandos de alegres sabiás viessem pousar na armação de alumínio dos vidros, atraídos pelas coroas de flores de laranjeira, que a direção da escola havia providenciado.

As professoras assoavam o nariz em lenços de papel perfumado, os diretores olhavam para a frente com as mãos cruzadas às costas.

Os amigos estavam tristes, os zagueiros adversários mais ou menos tristes, e a Norma... Ah, Jesus, o que dizer da Norma nos seus 16 anos dourados, do vestido preto justo acentuando maldosamente suas curvas mortais, do decote mostrando aquilo que padre Teodoro dizia ser a *varanda do inferno*?

Beto cochichou ao ouvido de Edu:

– Não tem jeito! Hoje o banheiro vai tremer!

– Se manca, meu! Tenha dó!

– Diz isso pra ela.

No cemitério, quando o caixão do Rodriguinho baixou à sepultura, alunos e professores fizeram chover pétalas de rosas brancas e vermelhas, as cores do time do colégio.

No céu, três nuvens se uniram e formaram uma bola branca e fofa.

Austrália

– Tudo morno, jegue 1?

– Tudo morno, jegue 2. Minha mãe continua falando além da conta, meu pai passa os dias matando as formigas do canteiro e o porcão do meu irmão insiste em furar as gelatinas com o dedo. E o seu pasto como vai?

– Mais ou menos. Minha vó tem andado deprimida, com medo de ir ao médico e ele confirmar que a cegueira tá chegando. Preciso ficar mais tempo com ela, fazer companhia... mas, vem cá, que palidez é essa?

– Sei lá, ora!

– Você comprou a *Playboy*?

– Comprei. E daí?

– Então tá explicado. Quem tá na capa?

– Uma garota australiana. Careta, que avião! E nem precisa fazer cara de coitado que eu não vou emprestar.

– Quem é que pediu?

– Eu conheço bem essa sua cara lambida.

– Lambida é mão de padre no domingo.

Beto estica as pernas e estala os dedos das mãos.

– Jegão, tou pensando seriamente em cair fora. Me aventurar nas planícies australianas.

– Então começa a agitar o passaporte.

– E quem precisa disso? Um samurai encara vulcões, enfrenta tempestade, criaturas malignas, peste, fome, horror e horror!

– Sim, mas a Austrália fica do outro lado do mundo.

– Um samurai tem os braços e as pernas como meios de transporte. Caminharei e nadarei.

– Ah, não, isso já é demais! Vou pra casa conversar sozinho!

– Vai, vai, pode ir. Quando eu estiver dando entrevistas para as tevês do mundo, você vai se arranhar de inveja. E se vier pedir autógrafo, já sabe...

Acidente

Dona Idalina, professora de Artes Cênicas, gostava de movimentar suas aulas colocando os alunos para representar determinado assunto. Sempre dava bons resultados. Isto é, quase sempre.

– Hoje as meninas serão *ilha* e os meninos *mar* – anunciou a professora.

A turma alvoroçou-se. As meninas juntaram-se em um bloco no centro da classe, os meninos uniram-se ao redor delas.

O sol (Débora e Turquinho) brilhava. Os pássaros (Mariana e Carlão) cantavam. O mar (Beto, Edu, Léo, Bila e Quico) estava sereno. Tudo parecia bem na ilha (Valéria, Selminha, Ana Paula, Carla, Marcinha-da-bicicleta e Marcinha-da-farmácia). Até que Pincel (que fazia o golfinho órfão) arreganhou os dentes e partiu para cima da *ilha*.

– Segura! Segura!

– Cacilda! Ele estraçalhou a régua-tê da Carla!

– Olha aquilo! Tá mastigando o esquadro da Selminha!

– Chama o seu Geraldo!

– E os bombeiros também!

Depois de dominado e levado à presença da diretora, Pincel não soube explicar convincentemente o ocorrido.

– O-ouvi uma voz gritando em inglês – gaguejou o garoto.

– Sim? E o que ela dizia?

– *Shark*! *Shark*!*

– Certo, e o que mais?

– B-bem, aí eu vi o Spielberg acenando pra eu entrar em cena.

Pincel tomou dez dias de gancho, e a mãe dele foi convidada a comparecer à diretoria para tomar conhecimento do fato. Dizem que ela chorou ao admitir que o filho costumava brincar de jacaré na banheira velha do quintal de sua casa.

Após três dias de comentários envolvendo o caso, a vida voltou ao normal. As aulas representativas de dona Idalina foram suspensas até segunda ordem, e as meninas que sentavam próximas a Pincel passaram a usar roupa acolchoada.

* *Shark*: tubarão em inglês.

Vice

Quando o prefeito Casemiro Merenda foi picado pelo mosquito transmissor da dengue, o vice João Cabeça assumiu o cargo de mandatário maior do município, o que levou a população a orar diariamente pelo retorno do titular.

– Viu a última do Cabeça? Proibiu o uso de camiseta. Todo cidadão terá de sair às ruas de camisa de gola.

– Que é, ficou louco?

– Não, ele já era.

Doutor Damásio, juiz da comarca, procurou convencer o homem a voltar atrás em sua decisão, alegando que tal medida era um despropósito, devido ao clima tropical da cidade. Mas Cabeça justificou plenamente seu apelido.

– Cueca e camiseta são roupas *de baixo*, doutor. Como ninguém é visto de cueca na rua, o mesmo deve acontecer com relação à camiseta. Respeito e feijão com arroz é bom e todo mundo gosta.

Baixo, calvo, sempre metido no terno azul-marinho folgado, João Cabeça passou a percorrer a pé as ruas centrais da cidade. Ralhava com as crianças que pisavam na grama e implicava com o jeito de as donas de casa darem nó nos sacos de lixo.

Ordenou aos garis que deixassem de assobiar durante o trabalho porque, garantia, o deslocamento de ar produzido pelo assobio prejudicava a varredura de ruas e calçadas.

Determinou horários diferentes para babás de meninos e de meninas passearem na praça da prefeitura e sugeriu a padre Teodoro badalar o sino da matriz apenas uma vez ao meio-dia, como forma de poupar cidadãos acometidos de enxaqueca.

Um dia, quando toda a população acreditava ter chegado ao

fim o estoque de *ideias brilhantes* daquela cuca, olha o homem com mais um caroço!

– Vai construir um espaçoporto na periferia.

– *Espaçoporto*?!

– *Hum-hum*. É assim que se chama o lugar onde descem naves espaciais vindas de outras galáxias.

– Santa Filomena! Alguém precisa fazer alguma coisa!

– Fica frio. Na primeira nave que chegar, a gente despacha o abilolado.

O Espaçoporto Interestelar de Jenipapo do Sul era um imenso círculo desenhado a cal virgem na área da extinta fábrica de velas.

Tambores com estopas em chamas iluminavam as bordas do traçado a partir das 19 horas. No centro do gigantesco anel, podia-se ler a palavra BEM-VINDOS em português, inglês, espanhol e aramaico (o idioma que Jesus Cristo usava em suas pregações).

No início a "obra" chegou a fazer relativo sucesso, atraindo um número considerável de obcecados em objetos voadores não identificados e outros fenômenos espaciais. Emissoras de tevê transmitiam boletins ao vivo, políticos discursavam a respeito, cantores promoviam shows beneficentes no local, vendedores ambulantes faziam a mala de dinheiro.

Jenipapo virou manchete nacional. As fotos noturnas do *espaçoporto* passaram a ilustrar matérias sérias e debochadas dos principais matutinos do país. Claro que o volume de matérias debochadas era maior, contudo, Cabeça considerava deboche uma forma de divulgação.

O tempo passou, e nada além de pardais e urubus aterrissaram no círculo interestelar. A população e os fanáticos acabaram perdendo o interesse por naves, objetos e habitantes de outros planetas. As emissoras de tevê também bateram em retirada. O vento aos poucos desmanchou o anel de cal. O capim começou a cobrir a mensagem de boas-vindas.

Para lembrar a passagem de João Cabeça à frente da prefeitura, restaram somente os nomes das três crianças nascidas naquele período: *Vênus* Aparecida Soares, José *Netuno* Abreu e *Urano* Wanderlei Martins.

Roseiras

Edu enchia um saco plástico com os talos das roseiras podadas pela vó.

– Veja bem, se você cortar mais embaixo, ela vai nascer de costas para o sol; mais pra cima, ela ficará de frente, o que não chegará a prejudicá-la, mas também não irá ajudá-la. Então, o segredo é este: você dá um picote aqui do lado, de modo que ela brote assim, de perfil, meio lá, meio cá. Desse jeito ela vai pegar sol na medida certa pra ser uma bela rosa.

Edu balançou a cabeça afirmativamente, olhando a vó curvada sobre as roseiras. Achou que ela cuidava melhor das rosas do que dela mesma.

– Como seria bom ser igual às rosas – comentou o menino –, um picotinho aqui e, *zuct*!, a gente se tornaria um belo ser humano.

A vó endireitou o corpo e gemeu enquanto limpava a tesoura de podar no avental azul-marinho.

– Nós também podemos crescer bonitos e saudáveis, seu Edu. A tesoura de podar do ser humano chama-se *amor*. Só ele é capaz de nos deixar pegar sol na medida exata para sermos boas pessoas.

O garoto girou o pescoço e olhou a rua. Pensou alto:

– É... amor.

A vó riu.

– Tem gente de queixo bambo ou é impressão minha?

– É impressão sua.

– Não sei, não, esse jeitão de falar e esse olhar de gato molhado.

– Por falar em olhar, vó, como vão as vistas?

A velha suspirou.

– A esquerda vai bem, mas a direita tá querendo me deixar na mão. Seja o que Deus quiser.

– Ouvi dizer, vó, que o segredo tá no coração. É ele que manda recados para o corpo.

– É um bonito ensinamento. Vou tentar segui-lo.

E os dois continuaram a cuidar das roseiras.

Solidariedade

– FALIDO?!

– *Hum-hum.* Não tem grana pra pagar os impostos atrasados. Vai fechar.

– Capacete! Precisamos fazer alguma coisa, e urgente!

– O quê, por exemplo?

Edu montou a central de arrecadação no porão de sua casa, em cuja varanda estendeu uma faixa enorme que podia ser lida de longe: SALVE O INSTITUTO MADRE AUGUSTA – ACEITAMOS TODO TIPO DE CONTRIBUIÇÃO.

– Mas quem foi que deixou a coisa chegar a esse ponto?

– Os diretores.

– Nada, os tesoureiros.

– Parem com isso. Discutir quem foi que deixou a torneira aberta não vai resolver nada. Vamos trabalhar!

O movimento, que pretendia saldar a dívida do colégio com o material arrecadado, começou modesto e aos poucos ganhou proporções preocupantes.

– Edu, tem um caminhão parado aí na frente, querem falar com você.

O garoto foi atender a porta e retornou pálido como um fantasma. A vó quis saber o motivo da preocupação.

– É melhor a senhora sentar. Acabamos de ganhar cem galinhas poedeiras.

Edu precisou abanar a velha. E isso foi só o começo.

– Você é o garoto que está recebendo as doações pro colégio?

– S-sim.

– Onde é que a gente descarrega as melancias?

O porão ficou pequeno, o que levou o menino a improvisar.

– Vó, vou dormir na sala.

– Que foi agora?

– Meu quarto tá cheio de cebolas.

Doze dias depois de iniciado o movimento, todos os alunos do Madre Augusta, cantando e tocando instrumentos, acompanharam os três caminhões e as duas caminhonetes carregados de doações que saíram da casa de Edu com destino à prefeitura municipal.

A cidade parou para ver o cortejo, as pessoas aplaudiam, os carros buzinavam, os cães latiam. No meio do agito, emocionados, diretores e professores do colégio caminhavam lado a lado com alunos e pais de alunos.

O prefeito Casemiro Merenda deixou seu gabinete para recepcionar a comitiva e também se emocionou ao ver a praça repleta de gente cantando canções de amor. Com voz embargada, revelou ter sentado nas carteiras de pinho do Madre Augusta quando jovem. E que, diante daquela maravilhosa demonstração de carinho e solidariedade por parte dos alunos e cidadãos de Jenipapo do Sul, ele, Casemiro Merenda, prefeito eleito pela maioria, considerava perdoada a dívida do colégio com a administração municipal.

– Porém – alertou –, precisamos contar com a aprovação da nossa soberana Câmara!

Naquela noite quente de outubro, em sessão extraordinária, os nove soberanos vereadores jenipapenses votaram pelo perdão da dívida, desde que a justiça abrisse inquérito para apurar as irregularidades administrativas ao longo dos anos no setor financeiro do colégio. E, claro, apontasse e punisse com rigor os responsáveis pelas falcatruas.

A justiça julgou válido o pedido dos vereadores, cabendo ao doutor Damásio – juiz local – comandar os trabalhos de investigação e identificação dos culpados. Isso feito, abriu-se um processo de crime financeiro, e os dois principais envolvidos (antigos funcionários da escola) foram levados a julgamento.

– Genésio Zoiúdo e Dirceu do Carimbo?!

– Os próprios.

– Santa Belarmina! Quem diria?!

– Pois é. De bocós tinham só a cara.

A dupla foi condenada por falsificação de documentos, formação de quadrilha e sonegação de impostos. Quando doutor Damásio anunciou dez anos de pena para cada um, Genésio desmaiou no colo do advogado de defesa, e Dirceu precisou se livrar da dentadura durante uma crise de soluços.

– E então, *jegue-rei*, que fim levaram as arrecadações?

– A prefeitura doou para o orfanato das carmelitas.

– Vem cá, você não guardou nadinha pra gente?

– Claro que guardei. Uma cebola pra mim e outra pra você.

– Tá. Pode ficar com a minha.

Colírio

As aulas de Educação Física das meninas, na quadra de esportes, sempre foi um *show*.

– Santo Deus! Olha só a Marina fazendo abdominais! Que pele, que músculos, que sincronia de movimentos!

– Sou mais a Carina na barra. Manja a cintura.

– Podem ficar com elas, deixem pra mim a respiração ofegante da Maria Cláudia. Ah, se ela respirasse daquele jeito no meu ouvido!

– Essa é nova: tara por respiração.

– Pobre daquele que desconhece o hálito do cansaço feminino. Pode-se dizer que o infeliz passou pela Terra e não viveu.

– *Iiih*, começou a delirar... Traz álcool pra ele *voltar*.

– Olha lá a Soninha pulando obstáculos. Caramba, as luminárias nem balançam de tão firmes!

– Atenção, macacos! Valéria na barra!

– Ai!

– *Xiii*, o Turquinho tá apagando.

– Joga água, joga água.

– Rápido, respiração boca a boca!

– Eh! Sai pra lá, boi!

– Olha só, vai ter natação. Elas vão botar maiô.

– Ah, isso já é demais! Vou cair fora.

– Eu também. Lembrei que preciso trocar a água do gato.

Vitória

Foi naquela hora que a galera não esperava mais nada do jogo, e já começava a se conformar com o empate, que o Pio recuperou a bola no campo de defesa, ergueu a cabeça e fez o lançamento que deixou o Cenoura na cara do gol. O atacante tirou o goleiro da jogada com um leve toque e empurrou a bola para o fundo da rede.

Durante dez minutos, a torcida que lotava o pequeno estádio do colégio gritou o nome do Pio, que foi humilde ao final da partida.

– Dei sorte. O vento ajudou.

– Ah! Só se foi o vento provocado pelos cílios postiços da Adriana!

Vitória que se preza é comemorada na Sorveteria Central.

– O Formigão não jogou nada, hein?

– É, nem saiu do lugar. Parecia um abacateiro.

– E o Marangoni? Mais perdido que criança em quermesse.

– Dá um desconto. Ele levou o fora da Vanda.

– E o Pio, hein?! Que lançamento! A bola fez uma curva no ar e caiu feito pena de pombo nos pés do Cenoura!

– Naquela hora senti a *presença* do Rodriguinho em campo.

– Chato mesmo foi ver o Caio daquele jeito: mais triste que passarinho de gaiola.

– Vai embora domingo. Já fez a transferência de colégio.

– Vamos perder o amigo e o goleiro.

– Goleiro a gente arruma outro, amigo é que é difícil.

– Por que ele não veio com a gente?

– Foi pra casa arrumar o resto das coisas.

– É. Dá um trabalhão empacotar revistas de sacanagem...

Descoberta

Nem o refresco de groselha era capaz de conter a euforia do Beto.

– Segurem, dromedários! Acabei de fazer a maior descoberta do século!

– Quantas descobertas do século ele fez este ano?

– Doze.

– Calem o bico e ouçam! Essa é de acordar a mãe de madrugada!

– Ok. Estamos ouvindo.

– Vai revolucionar a ciência, mudar comportamentos, transformar a vida na Terra.

– *Xêêê.*

– Os americanos e os franceses vão se morder de raiva. Os russos vão congelar de inveja.

– Você vai contar agora ou no ano que vem?

Beto tomou um gole de refresco, estalou a língua. Olhou para os lados e contou em voz baixa:

– As formigas lá de casa se masturbam!

As gargalhadas explodiram na sorveteria. Seu Anísio, o dono, veio ver o que estava acontecendo. Beto revoltou-se:

– É nisso que dá ter amizade com asnos!

– Tá legal, tá legal, agora conta como foi que você fez essa maravilhosa "descoberta".

— Com muita paciência e observação, meu amigo. Qualidades indispensáveis a um *cientista.*

— Tudo bem. Agora diz como é que as formiguinhas se descabelam.

— Bom, primeiro quero deixar claro que as formigas não se masturbam como vocês estão imaginando. Na verdade, o que acontece é que elas encontram prazer no ato de picotar roseiras e antúrios, chegando mesmo ao orgasmo durante a tarefa.

— E isso você descobriu só de observar?

— Justamente. Graças à lupa do meu avô e a minha perseverança de pesquisador, pude comprovar que as formigas ficam excitadíssimas enquanto picotam, acabando por atingir o que eu batizei de "vertigem temporária".

— Vertigem temporária?!

— Perfeitamente. Trata-se de uma espécie de desfalecimento moderado, cansaço prazeroso.

Os amigos terminaram o refresco fazendo o impossível para conter o riso, até que Turquinho piscou para a turma e virou-se para o "grande cientista".

— O senhor acha, doutor Beto, que essa descoberta pode mudar a nossa maneira de guardar o açúcar?

— O que você tá querendo dizer?

— É muito simples: quem é que vai querer formigas fazendo coisas obscenas e imundas no açucareiro?

— Confesso que não tinha pensado nisso...

— Então, pessoal, vamos correndo pra casa mudar o açucareiro de lugar.

Dito isso, todos se ergueram ao mesmo tempo e dispararam para a rua, provocando a ira do garoto.

— Ei, camundongos! Vocês não vão pagar a conta?

Turquinho respondeu da calçada:

— Só quando o senhor ganhar o Nobel de Ciências.

E foram embora morrendo de rir.

Rojão

Naquela tarde de domingo, ainda sob os efeitos da rodada esportiva, a turma recebeu Turquinho com euforia, mas logo percebeu que o amigo não participava do embalo.

– Que foi, seu velho cortou a mesada?

– Antes fosse.

– Já sei. Amanhã você vai fazer exame de sangue.

Turquinho ficou olhando as pedras soltas do calçamento. Quando falou, sua voz parecia vir de dentro de um garrafão:

– A Norma tá grávida.

Foi como se tivessem anunciado que a Sorveteria Central deixaria de fazer o sorvete de tamarindo. Todo mundo falou ao mesmo tempo:

– Quem foi que disse?

– Você tem certeza?

– Como é que isso foi acontecer?

Turquinho contou que Norma fizera o teste e comunicara ao namorado que estava grávida. Heitor, o namorado, dissera que não tinha culpa, que o problema era dela, quem mandou ser descuidada? O pai e o irmão de Norma também lavaram as mãos. Alegaram que ela era suficientemente adulta para saber o que deveria ou não fazer, que tratasse de começar a ser responsável.

– Ela tá arrasada, perdida – concluiu Turquinho.

– Heitor, o corvo!

– Pô, o cara tem grana! O pai dele é fazendeiro, pode muito bem assumir a parada.

– A questão não é grana, meu chapa. É caráter.

– É. Isso não é todo mundo que tem.

– Ei, e se a gente fosse falar com o babacão. Pode ser que um papo maneiro faça ele mudar de ideia.

Turquinho balançou a cabeça de um lado para o outro.

– Negativo. A família mandou ele pra capital. Vai estudar lá.

– Estudar é que ele não vai. Só estuda quem tem cérebro.

– Bom, e daí? O que é que nós vamos fazer pela Norma?

– Antes de mais nada, vamos levar o nosso apoio. Dizer que estamos do lado dela.

– Não sei, não. Apoio e tapinha nas costas não vão ajudar a Norma a sustentar o bebê.

– Concordo. Mas, e aí, qual é a ideia?

A pergunta ficou sem resposta.

Viagens

– Eu tentei, Du. Palavra que tentei fazer o coração mandar recados bons para os olhos. Falhei. Coração velho não é bom de recado.

– Pelo menos você tentou, vó. Valeu a intenção.

– Por outro lado, meu querido, creio que não me cabe reclamar da sorte. Afinal, a vida tem sido boa para mim. Eu tenho você, tenho a nossa casa, as nossas plantas, as nossas árvores. De que mais eu precisaria para ser feliz?

– Você nunca quis viajar, vó? Conhecer outros lugares?

– Pois fique sabendo que já percorri o deserto do Saara, as estepes russas, as florestas do Congo. Também conheço as vilas italianas, o interior da França, as geleiras do Alasca... Viajei por todos esses lugares sem sair do nosso quartinho de estudos.

– Peraí, vó, no quartinho só tem livros!

– Pois é isso mesmo, meu caro. Foram eles que me levaram pelos quatro cantos do mundo. Por que você também não começa a "viajar" como eu?

Edu não respondeu. Ficou pensando na esperteza da vó, que acabara de lhe despertar a curiosidade pelos livros.

Decidiu-se: qualquer dia *embarcaria* no quartinho dos fundos.

Discussão

Por se tratar de assunto urgente, os meninos decidiram discuti-lo num lugar isolado: o galpão em ruínas da fábrica de cera desativada.

– Não é nada disso. Eu só acho que é um direito dela.

– Sim, mas é preciso consultar o personagem principal.

– Que é, tá maluco?! O personagem principal ainda não existe!

– Por isso mesmo. Como é que podem condenar alguém incapaz de se defender?

– Nesse caso, meu chapa, quem tem o poder de decidir são os autores da obra, e não a obra.

– É isso aí. Se acharem que a obra deve existir, tudo bem. Se acharem o contrário, *crau*!

– Mas, sendo assim, que chances de existir tem a obra?

– As mesmas de um perna-de-pau fazer um gol olímpico.

– Tá, tá. Já "viajamos" bastante. E daí, como fazer a Norma desistir da ideia do aborto?

– Podemos dizer que ela corre perigo de morte.

– Não cola. Ela falou que pouco importa.

– E se dissermos que a alma dela queimará na fornalha do inferno por toda a eternidade?

– Vai devagar. A gente nem sabe se o inferno tem fornalha.

– Bom, tem o lado poético da situação. Podemos destacar os pequenos prazeres de ser mãe.

– Não sei, não. Isso pode levar aos grandes desgostos de ser mãe.

– É. A minha vive dizendo: "Se arrependimento matasse...".

– Ei, e se a gente contar que consultou uma vidente, e ela garantiu que no futuro o bebê será presidente do Brasil? *Hã?*

– Presidente é exagero. Acho melhor prefeito. Prefeito de Jenipapo do Sul.

– É, mas e se for menina?

– Ora, não existe mulher prefeita, deputada, senadora?

– Bom, bom. Já deu pra perceber que não adianta ficarmos aqui queimando gasolina à toa. Melhor irmos pra casa, e, se alguém tiver uma *luz*, dá o grito.

Romance

Naquela manhã abafada de novembro, quando a florista Iolanda abriu a janela do quarto para suas flores de papel secarem mais rápido, não pôde deixar de notar na calçada aquilo que a princípio julgou ser um boneco de pano, fabricado pelos peraltas da rua. Estava enganada.

– Santa Izildinha! – exclamou a moça de 43 anos. – É o professor de Matemática do colégio!

Como Iolanda morasse em companhia da mãe portadora de catarata e de um pássaro-preto chamado Azeitona, não teve outro remédio senão arrastar sozinha o professor para dentro de casa. Não encontrou dificuldades para isso, já que o homem devia estar pesando tanto quanto uma cadeira de vime.

Dona Eudóxia, mãe de Iolanda, repreendeu a filha quando a viu deitar o homem no sofá creme da sala.

– Por Santa Clara, Landinha! Por que você cisma de catar gravetos na rua e trazer para dentro de casa?!

– Não são gravetos, mamãe. É o professor de Matemática.

– E o que você vai fazer com o professor de Matemática no nosso sofá?!

– Calma, mamãe, calma. Ele me parece em dificuldades, e eu achei que um bom café poderia resolver as coisas.

Landinha estava certa. Duas xícaras de café forte fizeram um bem danado ao matemático.

– Obrigado, dona Iolanda, muito obrigado. Desculpe todo esse transtorno.

– Por favor, professor, não me chame de dona.

– Perdão, eu... Nossa! Minha cabeça ainda tá girando.

– Compreendo. Foi vinho?

– Não, foi rum. Eu queria morrer como um velho pirata.

– Por que como um velho pirata?

– Sei lá. Achei uma ideia romântica ser encontrado na rua envenenado de rum barato. Bobagem minha.

– E qual a causa dessa bobagem?

– Ah, essa minha vidinha sem graça. Sou um infeliz solitário, sem parentes, sem amigos, alérgico a pó de giz.

Iolanda suspirou, arrumou uma mecha de cabelo que cobria os olhos. Falou:

– O senhor deveria prestar atenção a outras coisas, professor.

Ele roeu uma unha antes de dizer: "No quê, por exemplo?".

Por um instante, Iolanda pareceu embaraçada, mas se saiu bem.

– Flores de papel – ela disse. – O senhor sabe como se faz uma flor de papel?

O professor de Matemática não sabia. Então, depois de tomar outra xícara de café, sentou-se à mesa coberta com um plástico transparente e ficou até o anoitecer admirando a arte manual de Iolanda.

– Posso voltar amanhã? – ele quis saber, quando ela lhe abriu a porta e acidentalmente roçou os seios no braço do professor.

– Claro que sim. Mas nada de rum, hein?

Ele sorriu, apertando as mãos dela e beijando-as como se fossem flores de papel celofane.

Mal Iolanda fechou a porta, ouviu o comentário da mãe:

– Belas mãos ele tem. Parecem de verniz.

– O que você viu, mamãe, não eram as mãos. Eram os sapatos.

– *Ahhh*! Bem que eu achei esquisito alguém usar barbante nos dedos.

Trinta e oito dias depois daquela manhã de novembro, a *Folha de Jenipapo* comunicava o noivado do professor Adelmo Santos, 32 anos, e Iolanda Carmesino, 43.

Estranhamente, dali em diante, o professor de Matemática passou a engordar, e Iolanda nunca mais se queixou de enxaquecas. Dona Eudóxia é que anda um pouco rabugenta: agora o sofá da sala vive ocupado.

Arca

Beto e Edu estavam sentados na escada da estação ferroviária.

– Bem, meu caro jegue, estamos aqui debaixo desse sol com as mesmas caras de pamonha do início da história.

– Pamonha coisa nenhuma! Eu acabo de ter uma grande ideia!

– Guarde pra você. Eu não quero saber de nada.

– Mesmo assim vou contar. Estou planejando construir um barco, uma arca.

– Peraí. Você não vai querer dar uma de Noé, vai?

– Não, não, nada de bichos, só alguns exemplares da *Playboy*. Você sabe, viagem marítima é um tédio.

– Sei. E pra onde vai?

Beto respirou fundo e sorriu.

– Noruega, meu chapa. Terra onde as garotas têm cabelos cor de ouro e sardas pelo corpo como canela em pó no curau.

– Ué, que fim levaram as coelhinhas holandesas e australianas?

– Esquece as coelhinhas, quem gosta de coelhos é dono de granja! As garotas norueguesas são descendentes de Thor, o deus do trovão!

– Taí um pequeno problema. Deuses e mortais não se misturam.

Beto fingiu que não ouviu. Anunciou outra novidade:

– Começo a construir o barco assim que o meu pai desmontar o armário.

– Armário?! Que armário?

– O armário de tranqueiras do quintal, ora. Vou usar as tábuas.

– Peralá. Você tá querendo dizer que a tal arca vai ser construída com os restos mortais do armário?!

– Não vejo problema algum.

– Tudo bem. E os instrumentos de navegação você já tem?

– Não preciso de nada disso. Vou me orientar pelas estrelas.

– Certo, mas nem sempre você terá céu estrelado.

– Não se preocupe. Quando o céu estiver encoberto, eu me guiarei pelo cheiro das garotas norueguesas.

– Mas, escuta, você não acha que os ventos marítimos podem levar pra longe esse tal cheiro?

– De maneira nenhuma. Esse cheiro não sai de um tubo de desodorante. Sai dos poros dourados das garotas. Sacou?

– *Hum-hum*. Bem, meu amigo, desejo-lhe boa sorte. E mande notícias, hein?

– Mandarei. Vem cá, você tem serrote em casa?

– Não.

– É uma pena. Vou precisar de um serrote e um assistente.

– Pagando bem você conseguirá alguém.

– Não tenho condições de pagar ninguém.

– Então use o seu charme.

– Corta, corta. Já te ouvi bastante por hoje.

Pais

Os meninos estavam sentados no gramado da biblioteca municipal, formando um semicírculo em torno de Norma, linda com aquele rabo-de-cavalo preso com duas violetas de plástico.

– Queremos que você saiba que estamos do seu lado, qualquer que seja a sua decisão – comunicou Edu, olhando Norma como se olhasse uma vitrine de confeitaria.

– Mas, antes de decidir – emendou Turquinho –, gostaríamos de lhe dizer que resolvemos ser os *pais* do seu bebê.

Norma deixou de enrolar as pontas do cabelo, a voz saiu fraca:

– Vo-vocês o quê?

É isso mesmo que o Turquinho falou – confirmou Beto. – Nós vamos ajudá-la a criar o seu filho. Escuta só: depois das aulas, eu vou *trampar* na banca de jornal do seu Nicanor; Edu vai fazer entregas no mercadinho da dona Somália; e o Turquinho fará serviços de rua pro seu Alceu do cartório. Acho que assim vai dar pra defender o leite do bebê, desde que ele não seja guloso.

A garota olhou cada um dos meninos, segurou-lhes as mãos e beijou-as com lábios trêmulos.

– Vocês são os melhores amigos do mundo, e eu... – Não conseguiu terminar a frase, escondeu o rosto entre as mãos e chorou.

Os garotos ficaram em silêncio, compartilhando com a amiga a angústia provocada pelo medo e pela indecisão. Sabiam que, dali para a frente, medo e indecisão estariam presentes na vida deles como cravos impertinentes na ponta do nariz.

O choro e os soluços foram diminuindo. De repente, um sorriso iluminou o rosto de Norma — aquele rosto que infinitas vezes foi fonte de inspiração dos cento e seis poetas da cidade.

— Eu sou mesmo uma boba, não sou? — ela falou, com a voz anasalada. — Deve chorar alguém que tem três anjos da guarda?

— Dois — corrigiu Turquinho. — As asas do Beto precisaram ser refeitas porque não aguentaram o peso.

— É — falou Beto. — E, se você quer saber por que o Edu não tem auréola, é muito simples: esse tipo de acessório não se adapta em cabeça-dura.

— E você sabia, Norma, que o Turquinho faz o *nome-do-pai* começando pela orelha?

— Ora, e você que mistura a ave-maria com o Hino Nacional?!

Norma ficou ali, rindo no meio dos garotos, feliz como uma menina que acabou de ganhar o vestido mais bonito da loja.

Falha

As rolinhas se mandaram quando a turma foi discutir a derrota do time debaixo da figueira.

– Eu falei, eu falei. Não bota o Piolho no gol, ele adora frango.

– A culpa não foi só dele. A Paula ficou atrás do gol com a blusa do Clube das Morenas.

– Corta essa! Isso não justifica o peru que ele engoliu.

– Bom, eu também acho que ele falhou, mas a Paula com aquela blusa superdecotada faz até estátua suspirar.

– Tudo bem, tudo bem, só que o Caio não tomaria um gol daqueles só por causa do decote da Paula.

– Peraí, não mistura as canecas. Uma coisa é o Piolho e outra coisa é o Caio, não podemos comparar o futebol dos dois.

– Concordo, mas a questão principal é a seguinte: decotes não combinam com goleiros e vice-versa.

– Aonde você quer chegar?

– Acho que seria uma boa pedir para as garotas não ficarem atrás do gol durante as partidas.

– Ah, isso vai quebrar o encanto do jogo!

– Não vai, não. Quem tá no estádio é pra ver futebol. *Só* futebol.

– Apoiado. Precisamos evitar futuros vexames.

– Querem saber? Vocês tão fazendo tempestade em xícara de

café. O que aconteceu foi apenas uma falha do goleiro, comum em qualquer jogo, com ou sem decotes atrás do gol.

– Também acho. Radicalizar não vai resolver nada. Da próxima vez, a gente pede pro Piolho não se distrair com a torcida.

– Sei, não. Carne de goleiro é fraca.

– Deixa disso. Todo mundo tem a carne fraca.

– Mas a de goleiro é *mais* porque ele fica parado pensando besteira.

– Como você pode afirmar isso? Nunca jogou no gol.

– Nunca joguei, mas fico manjando os manés o tempo todo. Repara só a cara de um goleiro quando não tá sendo atacado, é a pura expressão de quem tá pensando sacanagem.

– Melhor encerrarmos o debate. Tem gente viajando no requeijão.

– Mas, e aí, como é que ficamos? Os decotes ficam ou saem de trás do gol?

– Ficam.

– Saem.

– Ficam.

– Por mim, tanto faz.

– Então, ganhamos. Os decotes ficam.

Promessa

— Qual a diferença de uma fábrica de motores e uma fábrica de botões?

— Não tem diferença nenhuma, jegue, as duas dão empregos. E é disso que precisamos: empregos.

— Tá. Mas é mais charmoso ter na cidade uma fábrica de motores do que uma fábrica de botões.

— Não mistura charme com necessidade. Além do mais, motores poluem, botões não.

— Tem razão. Os motores fabricados aqui servirão pra poluir o resto do país.

— E os botões? Vão ficar caindo das calças e das camisas de todos os cidadãos.

— Tudo bem, mas não vão afetar o pulmão de ninguém. O único inconveniente do botão é ter que repregá-lo.

— Chega, chega. Decidam logo: fábrica de motores ou fábrica de botões?

Ficaram assim: Beto e Turquinho dariam seus votos para a instalação da fábrica de motores em Jenipapo do Sul; Edu e Leo votariam pela instalação da fábrica de botões.

— Fabricaremos motores para a Fórmula 1!

— Fabricaremos botões para os uniformes da S.W.A.T.!

– Bom, mudando de sapato pra botina: a Norma tem andado meio jururu. Não estou gostando nada, nada.

– Você acha que a ideia do aborto tá ganhando força?

– Não, não está. Fiz uma promessa da hora, levo fé.

– Que tipo de promessa?

– Se tudo der certo, você vai ficar sabendo. O pagamento vai correr por nossa conta.

– Ei! Como é que você faz promessa pensando na parte dos outros?

– Simplesmente porque os "outros" somos nós, e nós somos um.

– Ok, você tá certo. Só espero que não tenha prometido irmos a pé até a cordilheira dos Andes.

– Fica frio, fica frio.

Zoeira

– E aí, careta, e a viagem à Noruega?

– Furou. A madeira do armário tava infestada de cupins. Desisti do barco e da aventura.

– E como ficam as garotas que têm sardas no corpo feito canela em pó no curau?

– Ora essa, vão continuar lá com as sardas. E eu aqui aguentando jegues e toupeiras por todos os lados... Você foi na quadra ontem?

– *Hum-hum.*

– É verdade que teve zoeira?

– Teve. O Carlão fez um comentário sobre a Sandra, a Carina ouviu e contou pra irmã do Vinícius, que namora a Sandra. A irmã do Vinícius contou pra ele e daí a coisa rolou.

– Saiu tapa?

– Saiu. O Tércio deu um tapa no balcão da lanchonete e pediu um guaraná gelado.

– Deixa de palhaçada, fala sério!

– E você acha que alguma zoeira vai adiante quando o Vasconcelos tá por perto?

– *Iiih*, que é que o "padre" tava fazendo lá?

– Orando pro time da Simone ganhar do da Verinha.

– Ai! A Verinha foi com aquele shortinho branco?

– Com o *shortinho* branco e a camiseta azul.

– Caracol! E eu em casa matando formigas! E daí?

– Daí que o Vasconcelos entrou com aquele papo de "somos todos irmãos" e levou o Vinícius pra longe do Carlão. O Tércio chamou o Cenoura pra ver a Tina sacar, e os dois ficaram secando o sutiã dela.

– Uau! O fecho quebrou?!

– Não. Mas o nariz da Elisa começou a sangrar, e a dona Vilma chamou a Cibele, da enfermaria.

– Humm, aquela pernuda, peituda?

– Essa mesmo. Ela chegou e fez umas fricções na Elisa, que ficou boa logo. Mas aí o bendito termômetro caiu.

– Já sei! Ela abaixou pra pegar, e os peitões pularam pra fora.

– Negativo. Quem abaixou pra pegar foi a Paula, então o *short* dela rasgou, e todo mundo viu a marca do pênalti.

– Cacilda! E eu em casa matando formigas! E depois?

– Bom, depois alguém apareceu com uma toalha, e a Paula amarrou na cintura pra chegar no vestiário.

– Papagaio! Quem foi o cretino que apareceu com a toalha?

– Eu.

– Você?! Ficou débil, é?!

– Fiquei. Só que eu tenho em casa uma toalha que a Paula se enrolou. Você tem?

Beto encarou o amigo e suspirou.

– É... e eu em casa matando formigas!

Futuro

O Expresso Dourado, com seus catorze vagões refletindo a luz do sol, entrava na estação de Jenipapo do Sul todos os dias às 16h02, trazendo gente desconhecida e levando gente conhecida. Durante os seis minutos de sua parada, agitavam-se a estação, a praça e o comércio ao redor da praça.

Crianças, donas de casa, aposentados, adolescentes e vendedores de bugigangas ocupavam a plataforma meia hora antes da chegada, e só deixavam o lugar depois de a *minhoca dourada* desaparecer, apitando na curva do milharal.

Porém, naquela tarde de janeiro, o Expresso Dourado não conseguiu atrair a atenção de três amigos, que, tensos como paraquedistas amadores, roíam unha diante da garota loira de olhos brilhantes.

Sentados no banco de madeira da praça da estação, aguardavam em silêncio a decisão da jovem, que afagou meigamente a barriga ao comunicar:

– Querem saber de uma coisa? Eu acho que esse bebê é um predestinado. Não é qualquer um que pode contar com *três* pais hoje em dia.

Eufóricos e aliviados, os meninos puseram-se a falar ao mesmo tempo:

– Vou ensinar a ele os macetes de se jogar na defesa.

– Deixa disso. Vai ser um grande meia-direita.

– Ah, se for menina, já sabem... será uma grande ginasta!

– Tenha dó, Jacó! A criança tá começando a se formar dentro da barriga da mãe, e vocês já tão querendo botar a coitadinha no batente!

Norma riu, tratando de acalmar o ambiente.

– Bem, primeiro de tudo, vamos rezar para que seja uma criança saudável. Mais tarde a gente pergunta o que ela gostaria de ser.

A turma achou boa a ideia, e Edu aproveitou para sugerir:

– Que tal irmos todos rezar no túmulo do Rodriguinho? Assim a gente faz um pedido e agradece outro.

– Você quer dizer que aquela sua promessa...

– É isso aí. Pedi pra alma do Rodriguinho iluminar a Norma, fazendo ela desistir da ideia do aborto. A alma dele fez sua parte, precisamos fazer a nossa indo até lá agradecer.

– Então, o que estamos esperando?!

Os garotos ajudaram Norma a se levantar e, juntos, tomaram o caminho do cemitério.

No meio da tarde quente, quando o Expresso Dourado apitou demoradamente na curva do milharal, quatro amigos sorriram e formularam desejos em silêncio. Sabiam que o apito de um trem na curva tem os mesmos poderes de uma estrela cadente no céu noturno.

Ajuda

Faltavam menos de quarenta e oito horas para os meninos começarem a trabalhar para ajudar no sustento do bebê de Norma e, como nunca tinham encarado um patrão na vida, estavam tensos e ansiosos diante da novidade.

– Não tenho mais unhas pra roer.

– Nem eu. Ontem roí duas do pé esquerdo.

– E como é roer unha do pé?

– Uma droga. Elas são mais duras que as das mãos e têm gosto de queijo velho.

– Entendo. Que tal ouvir rock para aliviar a tensão?

– Não sei. Acabei de chupar manga.

Estavam nesse estado de angústia quando Norma apareceu e sentou entre eles, no banco de madeira da sorveteria.

– Tenho boas notícias – ela disse, exibindo os dentes perfeitos.

– Já sei – falou Beto. – Escolheu o nome do garoto.

– Melhor – respondeu a jovem. – Vocês dois e o Turquinho conseguiram milagres.

Mudos, os meninos trocaram um olhar de surpresa. Ficaram esperando Norma anunciar as novidades. E ela falou que contara a dona Sônia, professora de Português, a iniciativa deles de fazer bicos para sustentar o bebê. A professora elogiara muito a ideia e levara ao conhecimento da diretora do colégio, que imediatamente ligara para o coordenador de saúde da Santa Casa local.

– Podem acreditar – disse Norma. – Ele me ofereceu internação, parto e assistência médica gratuita por um ano.

Os meninos se abraçaram, gritaram, bateram palmas.

– Tem mais – anunciou a garota, feliz da vida.

– Mais?! – exclamaram Edu e Beto ao mesmo tempo.

Ela cruzou os braços para informar que a Farmácia do Toninho Manco decidira fornecer remédios e fraldas descartáveis durante dez meses. O Bazar da Nena providenciaria todo o enxoval do bebê, inclusive carrinho e demais acessórios. Também contou que o Estúdio Fotográfico do Japonês se incumbira de fazer o *book* dos primeiros seis meses de vida da criança.

– E agora vem a melhor parte – disse Norma, já com lágrimas nos olhos. – Meu pai ficou de bem comigo, vai fazer um churrasco no batizado do menino.

Beto e Edu se encararam, ficaram em silêncio por um instante. Mas só um instante.

– Você sabe o que isso quer dizer? – perguntou Beto.

– Claro – respondeu Edu. – Norma e o garoto serão felizes para sempre.

– Além disso, tem outra coisa...

– O que é?

– Não precisaremos mais fazer bicos.

Edu riu, deu um tapa na cabeça do amigo, que sugeriu irem os três ouvir *rock*.

– Você não disse que acabou de chupar manga? – questionou Edu.

– Disse. Mas, depois de todas essas notícias, nada é capaz de me dar congestão.

E foram os três ouvir Sepultura.

Consequências

A rede de solidariedade em torno de Norma trouxe para os meninos uma notoriedade que eles não esperavam, tampouco estavam acostumados a ela.

Na cantina do colégio.

Elisa: Sabia que você é uma gracinha?

Edu: Q-quem? Eu?

Elisa: *Hum-hum.* Talvez com uns ajustes aqui e ali você fique no ponto.

Edu: Vo-você acha, é?

Elisa: *Ham-ham.* Não é boa ideia tomarmos um sorvete só nós dois?

Edu: A-agora?

•

Na quadra de esportes.

Marcinha: Por que você nunca vem conversar comigo?

Beto: Q-quem? Eu?

Marcinha: É, você mesmo. Acha que eu mordo?

Beto: Na-não, claro que não.

Marcinha: Então por que não me convida para comer um sonho?

Beto: A-agora?

•

No portão da escola.

Maria Rita: Já reparou que você insiste em me olhar e não me ver?

Turquinho: Q-quem? Eu?

Maria Rita: *Humm.* Sabia que eu adoro homens tímidos?

Turquinho: Na-não, não sabia.

Maria Rita: Que tal sairmos de cena por um instante, hein?!

Turquinho: A-agora?

•

Os meninos não tinham certeza se tudo correria bem em suas vidas dali para a frente. Só de uma coisa eles estavam absolutamente certos: a primavera passada não seria esquecida tão cedo...

O autor

Arquivo pessoal

Vai que é sua, galera! Segura aí que eu vou começar do fim!

Uma certa primavera é uma espécie de homenagem à amizade, à união, à solidariedade. Particularmente, gosto muito de escrever sobre essas três palavrinhas porque andam em baixa hoje em dia. Nas notícias de jornais, nos noticiários de tevê e até nas telenovelas da vida, o amigo não é amigo de verdade, a união é cada um por si e a solidariedade é em benefício próprio.

Ah, mas estamos no século 21, era do *chip*, dos transplantes de medula, da descoberta de novas galáxias! Ok, muito bem, para a frente é que se anda. Mas os seres ditos inteligentes deveriam conservar imutáveis as virtudes de caráter, assim como a galinha conserva imutável o seu produto: o ovo, que através dos séculos foi e continuará sendo uma maravilhosa obra arquitetônica, além de saboroso e nutritivo.

Quer dizer, não se mexe em time que está ganhando. A galinha é ou não é mais inteligente que muito marmanjo por aí?

Bem, de resto é quase nada. Meu nome é Tadeu Pereira; sou de Bebedouro, interior do Estado de São Paulo. Estou na capital há vinte e três anos, sempre trabalhando em assessorias de imprensa. Além de *Uma certa primavera*, tenho quatro livros juvenis publicados: *O dono do futuro*, *Operação hot dog*, *As nuvens não morrem* e *Zero a zero*.

Pensando bem, apresentação de livro é como ovo de granja: tudo igual.

Vai que é sua!

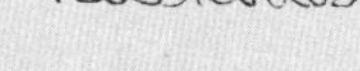

Entrevista

Em *Uma certa primavera*, os amigos Beto e Edu têm muita coisa a fazer e muita coisea para contar. Afinal, a primavera chegou! Seus hormônios e suas ideias estão em ebulição, mesmo na pacata e bucólica cidadezinha de Jenipapo do Sul. Que tal agora ler a entrevista abaixo com o autor Tadeu Pereira e descobrir o que mais ele tem a nos dizer?

BEBEDOURO, A CIDADE ONDE VOCÊ NASCEU, É PEQUENA COMO JENIPAPO DO SUL PARECE SER?

• Bebedouro era mesmo pequena quando ali passei minha infância e adolescência. É naquele tempo maravilhoso que busco inspiração para as aventuras de Beto e Edu.

A AVÓ DE EDU FALA DOS LIVROS COMO OBJETOS QUE A "LEVARAM PELOS QUATRO CANTOS DO MUNDO", EM UMA REFERÊNCIA À CAPACIDADE QUE A LEITURA TEM DE NOS FAZER "VIAJAR", EM TODOS OS SENTIDOS. VOCÊ CONCORDA COM ESSE PONTO DE VISTA?

• Concordo plenamente. Os livros são barcos ou, se preferirem, *boeings* que nos transportam para qualquer parte do planeta, sem precisarmos sair da poltrona da sala.

A AMIZADE É UM DOS TEMAS CENTRAIS DE UMA CERTA PRIMAVERA. O QUE VOCÊ TERIA A DIZER SOBRE ESSE TIPO DE RELAÇÃO?

• Toda amizade é bem-vinda, desde que sincera, desinteressada e levemente ingênua. Assim como é a amizade entre Beto e Edu.

O HUMOR PERMEIA TODA A SUA OBRA. VOCÊ APRECIA ESSE GÊNERO LITERÁRIO?

- O humor é a maneira de falar coisas sérias, e às vezes graves, brincando. O brasileiro, mais que ninguém, sabe tirar graça de onde outros só conseguem ver drama. A piada, a sátira, a galhofa são vacinas para nossas epidemias. Os autores brasileiros, geralmente, são muito bem-humorados.

EMBORA MUITO CRITICADA, A ESCOLA AINDA É UM LUGAR IMPORTANTE NA VIDA DOS JOVENS. VOCÊ CONCORDA COM ESSA AFIRMAÇÃO?

- A escola sempre foi um lugar de transformação, de inovação. Ninguém é capaz de entrar em branco e sair em branco, seja quem for. A escola consegue imprimir, tatuar, deixar marcas que nunca mais saem, são para toda a vida. É como um velocípede ou uma boneca, todo mundo teve e guarda boas e/ou más recordações.

É COMUM OUVIRMOS QUE "HOJE EM DIA NINGUÉM MAIS LÊ". O QUE VOCÊ TEM A DIZER SOBRE ESSE COMENTÁRIO?

- Faça bolinhos de chuva, e todos virão comê-los com prazer. A palavra é simplicidade.